U0068076

心情故事

倪小恩、曼殊、黃萱萱　合著

天空數位圖書出版

目　錄

01. 沉　迷

作者：倪小恩

後面那毛骨悚然的嘶吼聲讓他的雙腳不斷發抖，整個心像被無形的手給揪住一樣讓他無法用力呼吸，他靠著微薄的意志力，不斷地逃、不斷地逃。

打開一道生鏽的鐵門，用力地關上並鎖住後，他靠著門喘著氣，身後鐵門的冰冷觸感直直刺進他的背脊裡頭，冷得他直發抖。胸口因為剛剛的逃跑而不斷地起起伏伏，貪婪吸食空氣中的氧氣，用力的深呼吸後，他豎起耳朵仔細凝聽著，門外一片安靜，並沒有任何的聲響，有的只是他自己的喘氣聲及心跳聲。

來到這世界，至今已經一個星期了，明明這世界如此的暴力和血腥，四處都顯現著人性醜陋的一面，但莫名的吸引力讓他一跌入這就再也出不來。和他一起進來的同伴，死的死，失蹤的失蹤，到了現在，就只剩下他一個人。

休息了一陣子後，他抬頭發現這個房間的角落有很多的木箱子，身上早已沒有任何可用的武器，子彈早已用完，刀早已鈍掉，他起身往箱子走去，開始不停地打破箱子，看看有沒有什麼東西可以用。

有把槍，裡頭還有子彈。另外，也意外的發現有些水和食物，不管雙手骯髒，他直接抓起那些食物就往肚子裡塞，拿起水不斷地往嘴裡灌，好填飽這早已餓了許多天的肚子。

吃完了東西，他靠著牆，看著窗外那片迷霧，開始思索著下一步該怎麼走。

　　有時候，他也會自問著：這種不斷被追逐、不斷逃逸的日子究竟要過到什麼時候才能結束？

　　其實他自己也心裡明白，他隨時可以從這個世界跳脫出來，但他就是忍不住、就是不想出來，每天都會接收到一些神秘的訊息，有時是任務、有時是提示，每條訊息都指引著他往前邁進。

　　他好奇，究竟前面的道路還有什麼東西，他想知道，若在這世界待久了，會不會得到什麼新奇的東西，這東西有可能是名譽、獎勵或是金錢……

　　突然傳來的巨大聲響打斷了他的思緒，他回頭看向那扇鐵門，鐵門震動著，像是有東西在另外一端給予很大的力道一樣，又「碰！」了一聲，他看到有個巨大的利爪把那扇鐵門給刺了開來，幾乎是反射性的動作，他立刻起身，拿起剛剛得到的武器瞄準著這個怪物，準備一擊斃殺牠。

　　凝聚了所有的注意力，他扳動手指，開始對著鐵門掃射，槍聲不斷地響起，血濺滿了整個房間，沒多久怪物就倒地而死，血流成河，而他帶著勝利的笑容，往下一個地點走去。

　　他沉迷著逃逸、沉迷著廝殺，每當血濺滿整個房間，怪物的屍塊亂飛，他就有莫名的快感，尤其聽到槍聲響起，更喚醒他血液中的暴力因子，他收集各式各樣的武器、殺了各式各樣的怪物。

然而，當眼前突然一片黑的時候，他拍打了一下桌子，不滿的咒罵了一聲，「吼！又死了。」

於是，遊戲重新開機，他又開始沉迷於其中。

02. 黑暗之夜

作者：倪小恩

夜晚，非常的安靜。

安靜到只剩下我那急促的腳步聲。

今晚因為公司主管臨時要我在明天之前趕出一份案子，而使得我不得不留下來加班，連晚餐都沒有時間吃，就直接埋首在電腦面前趕著這份案子。

經過四、五個小時的奮鬥，在晚上十一點前我終於把這份案子交件出去，匆忙地離開公司後去超商隨意買了微波食品，現在正拎著那熱騰騰的微波食品往租屋處走去，打算等等填飽那早就餓扁的肚子。

租屋處外頭有一條暗巷，前陣子路燈壞了，但里長一直沒有派人來修理，導致整條巷子黑漆漆的，充滿著危險，偏偏回到租屋處又僅僅只有這條路可以到。

昨天早上聽到隔壁鄰居在討論說前幾天有位女子在這兒受害，黑暗中被中年男子從身後襲擊，直接用棍棒朝著腦部用力攻擊後，趁著女子昏迷將她壓倒在地性侵，而女子就這樣直到早上天亮才被人發現，但為時已晚，她已經因為失血過多而死亡。

我走到街口處停下腳步，看著這條昏暗的巷子，實在提不起任何的勇氣，深怕此刻就有個虎視眈眈的男人躲在黑暗之處看著我！宛如獵人看著手無寸鐵的獵物一樣，我深怕自己會是下一位受害者，但偏偏又只能走這條路才可以回到家。

　　為什麼里長不趕緊來處理路燈呢？導致於發生那件慘事，如果他趕緊來讓這條暗街恢復光照，是不是就不會有悲劇的發生？

　　我替那位受害女子感到悲痛，年紀輕輕就這樣被斷送了性命，她還有美好的未來日子，只因為經過這條路遇到了壞蛋，身陷於危險再也逃不出來。

　　我最後將手機調成手電筒模式，將周圍的昏暗給照亮，要自己深呼吸後，鼓起勇氣往這條街走進去，同時豎起耳朵聆聽著周圍的聲音，深怕會有除了我之外的腳步聲在。

　　刻意加快腳步，我希望盡早回到家休息，經過一整天公司的摧殘與燒腦，我的身子實在疲累得很。

　　偏偏我隱隱約約的好像聽到除了自己以外的腳步聲，一開始我還以為是我聽錯，但秉住氣息仔細地聆聽，身後真的好像有人在！

　　意識到自己被跟蹤，我頓時之間忘記了呼吸，趕緊加快腳步往前跑著，但不知道為什麼明明這條約莫走三分鐘就可以抵達街尾的路，我跑著跑著，跑了好久卻一直看不到街尾。

　　我好像迷失在黑暗中一樣，路只有一條，但卻永遠抵達不到終點。

　　用力地喘著氣，我不敢停下腳步，奮力地往前衝，好像後面有個可怕的怪物在追趕我一樣，我害怕我一停下腳步就會被抓走。

　　我著急的快要哭出來，在感覺自己肩膀要被黑暗中那隻手拍住時，卻突然有一陣暖意朝著我吹來，就好像夏天的風一樣，在短短的一瞬間，周圍的那些黑暗與冰冷不見了，肩上那隻手的重量也消失了。

　　我聽到父母親哭喊著我的名字，伴隨著鈴鐺聲與法師的朗誦聲。

　　在這片刻，我才知道原來那位受害者是我自己，這幾夜我不斷地在黑夜裡奔跑著，卻逃離不出這片黑暗深淵，如今，我才真的擺脫了黑暗。

03. 我們之間

作者：倪小恩

我們之間，究竟存在著什麼樣的關係？

如同湛藍的海水與岸上的白沙，海水一波接著一波溫柔地拍打著沙灘，一次又一次出現的白色泡沫如同短暫的曖昧，模糊不清的海岸線訴說著一段若有似無的隔閡。

或許，我就是那片沙灘，每當海靠近我，而我想伸手留住海的那一瞬間，海卻退卻了。

如同我們之間的關係，每當我想接近你的那一秒鐘，你卻見我有如天敵一樣，拼死命地躲著我，甚至不給我任何面子直接甩頭就走，逃離的速度非常快速，而我只能夾帶著淚水悲憤地看著你那逃離的背影。

我也試著鼓起勇氣來接近你，可是你躲我的速度快到讓我反應不過來，追上去後一個轉角就再也看不到你的身影，該說你頑皮？還是說你惡劣？我真的為此覺得有點懊惱。

打開抽屜底層，不論是我學生時期生日時所收到的卡片、或是我珍藏已久的書籤、國小國中所寫的日記本，上面都佈滿著你所留下來的痕跡，如此的刻骨銘心，上頭那隨著歲月流逝所留下來的泛黃，深深地激發我那深藏在心裡久久沒觸動過的情緒。

我一直站在你所能看見的地方，一直等待著你的出現，每次等待你的同時，雙手都會因為激動和莫名的緊張而互相摩搓著，覺得自己

身體裡頭的血液好像快要被煮騰似的，我甚至可以感受到自己的心臟像是在敲擊大鼓一樣的「砰砰」作響，雙眼不停地四處張望著，深怕一個不小心就忽略了你的身影。

我期待見到你，但卻又覺得有點恐懼。

你說說，我們之間，究竟是什麼關係呢？

其實我也曾經想過要放棄等待，就這樣對你死心，永遠都不要理你，再也不要跟你有任何的交集，你走你的陽關道，我過我的獨木橋，就這樣各自過著各自的生活，不打擾彼此。

但你卻會偶然出現在我面前，不知道是有心的，還是無意的，總之你就是出現了。你的出現深深地勾起我心中那已斷掉的思念，對你的想法如同滾雪球一樣越滾越大，我越來越不能騙自己不在乎你，於是，我再次鼓起勇氣，再次決定勇敢地踏出這一步來，並且告訴自己這一次一定要好好地抓住你，別再讓你逃走了。

用力地深呼吸後，我打開盒子拿出了裡頭的東西，滿意地看了看後放在你常出現的地方，希望你經過的時候可以看它一眼，藉此想起有我這個人的存在。

為了引起你的注意，我還特地做了一道料理，這味道你絕對喜歡，絕對會靠過來。

我的這道料理除了香氣十足，也放了毒藥在裡面，菜單完全參照網路上知名部落客的「殺蟑料理」。

竟敢亂在我的抽屜裡面大便跟產卵，快掉進我設的陷阱吧，討厭的臭蟑螂們！

04. 那位女孩

作者：倪小恩

那位女孩，總是一個人靜靜地待在教室的角落。

仔細想想，他好像不曾看過班上有同學與她說話過，也不曾看過她主動與別的同學聊天談話，因為不曾看過她說話，所以他不知道她的聲音聽起來是細柔的，還是稍微帶點低沉呢？

那位女孩，時常一個人安安靜靜地坐在座位上做著自己的事情，有時候是看著遠方發著呆、有時候會盯著攤開的課本細讀上面的文字、有時候則是趴在座位上小憩。

會注意到她，就是因為某次無聊的時候環顧教室周圍，他才發現這女孩的存在。女孩是短髮，長度只留到肩膀而已，她的皮膚白皙，卻一點氣色也沒有，眼睛雖然大大的，可是看起來卻沒有什麼精神，眼睛下面有著一層帶點黑紫色的黑眼圈，而唇色也是近於慘白，這樣更加深了她整個人的憔悴。

由於剛來到這個班級，班上有些同學他還不認識，在發現這位女孩的同時，他並沒有急於想知道對方的名字，就僅僅只是對這位女孩有點好奇。

然而，有時候在自習課發呆無聊的時候，他的目光便會好奇地往那女孩的方向看，如果女孩正在讀書，自己便效仿她從抽屜拿出課本來翻閱，如果女孩正望著教室外頭的天空看，自己便也轉頭看著外頭的天空，看看到底是哪裡的景色會如此的吸引人。

　　幾乎每個時候，女孩的表情都是淡淡的，不曾有別的表情在她的臉上，他不禁想知道當她開心笑起來的時候，嘴角勾起的弧度會有多大？如果故意惹她生氣，她會嘟嘴瞪人還是會有些粗魯的開口罵人？

　　然而，不管他對這女孩有多麼的好奇，他都不會有要上前與她說話的想法在。

　　直到某一天，他突然發現這女孩不見了，目光在教室找尋了一遍，原本以為她只是去廁所，可是接下來的時間她都沒有再出現過，他最後終於好奇地問那女孩隔壁座位的同學說：「你知道這個女生去哪裡了嗎？」

　　「啊？應該還在住院吧！」那位同學說。

　　他聽了愣住，還以為自己聽錯，「住院？」還在住院？這什麼意思？

　　「對啊！她很久沒來了啊！班導上次有提到這女同學出車禍躺在醫院昏迷不醒，你怎麼突然問起這件事情？」

　　他腦中空白，一時之間無法思考，若真是這樣子，那這些日子以來他所看到的那位女孩會是誰？

　　當他這樣想的時候，班導臉上帶點笑意突然走了進來，全班的目光都看向他，「大家，潘怡婷醒了，若想看她的話可以去醫院看看她，相信過不久她就可以回到班級裡了。」

　　而過了幾週，這位叫潘怡婷的女生走進教室，他看著那張熟悉的臉孔，一時之間懷疑自己是不是活見鬼了。

　　到底……？

　　甚至，他聽到潘怡婷對著周圍上前關心她的同學說：「我在昏迷中還夢到自己在這間教室裡面與大家一起上課呢！」

　　對她而言是作夢吧？但是對他而言，她是真的曾經出現在這裡過。

05. 那個男人

作者：倪小恩

　　她從以前到現在一直不相信一見鍾情這件事，因為她覺得這種充滿粉紅色泡泡夢幻般的事情只存在浮誇的言情小說或是浪漫電視劇裡面。

　　所謂的一見鍾情是一見到對方就立刻喜歡上，現實中怎麼可能會有這麼荒謬的事情發生？她是這樣想的。

　　但這固執的想法在遇見那男人後整個改觀，男人的身影在街口處被她撞見，那一瞬間她愣愣地看著對方，當下立刻感受到一股電流襲來，全身微微的發麻、忍不住的顫抖。

　　從相遇的那天後，這男人的身影就深深刻在她的腦海中，她無時無刻都在想那個男人，腦中不自覺地描繪起那男人的輪廓，他的五官、他的肩寬、他的腰、他的四肢長度與他細長的手指，還有引人遐想的人魚線以及喉結，好像能夠想像當他運動而變得緊實的肌肉線條，或是當他吞嚥之時那喉結滾滾而動的畫面。

　　拿起畫筆她開始在圖紙上面作畫，將男人的臉部上的五官以及身形都描繪在白紙上，若這不是一見鍾情，還有什麼樣的解釋可以解釋她此刻對那男人的感覺？

　　由於深刻印象，她只花幾分鐘時間就將男人清楚地畫在圖紙上，畫完後她滿意地看著自己的作畫，決定明天再度去街口那裡碰碰他。

街口處，男人正站在那裡，他的目光看著遠方，沒有什麼動作，光只是站在那裡不動就能夠緊抓住她的目光了。

她悄悄地走近他，不顧任何人的眼光直接近距離的恣意觀賞著這男人，菱角分明的側臉，高挺的鼻子與薄唇，世界上男人所有的優點都集中於他的身上，尤其是那雙修長的腿，讓他有著九頭身的標準身高，整個人散發著男性魅力。

「長得真好看啊！」她不禁稱讚出聲。

這樣的人不管什麼衣服穿在身上都會加很大的分數，不論是英倫紳士風的一整套西裝套裝，或是休閒風卡其褲素衣搭上牛仔外套，又或者是運動風，都很適合他，尤其是他那擁有腹肌的結實身材，以及臉上的高顏值，特別能為衣服加上很大的分數。

她本身是服裝設計師，一看到這麼完美的男人出現在眼前，她腦中就立即想到一件又一件可以匹配他的衣服，靈感源源不絕，她當下也在紙上畫了好幾件自己設計的衣服，每一件的衣服都讓她甚感滿意。

為了將紙上的衣服化成實際的衣服，她進了許多布料，連夜趕工裁剪縫紉，製作完第一件衣服的時候已經是一個星期後了。

她欣喜地帶著衣服又跑到了遇見那個男人的街口處，但男人並不在那裡，她左右找尋著，最後在不遠處的垃圾場看到那位男人。

　　一尊裸身的模特兒雕像被丟棄在垃圾場中，臉上沒有任何的表情，眼瞳沒有任何光彩，他本來就是個沒有生命的人像。

　　她拿著衣服在他身上比對，輕輕的告訴他：「謝謝你給了我靈感。」

06. 猜　疑

作者：倪小恩

她感覺到自己的父親最近跟一位女性友人接觸頻繁，頻繁到……讓她不禁開始猜疑爸爸與那女人之間的關係。

不會是外遇吧？她不敢想，但卻忍不住這樣猜。

如果是外遇的話，那媽媽怎麼辦？會離婚嗎？而她自己又該怎麼辦？

腦中不禁上演電視劇經常有的狗血八點檔劇情，孩子的父母親因為要離婚而開始爭奪著孩子的監護權，逼問著孩子想跟誰一起生活，硬是要撕裂彼此之間的關係。

一想到這，她感到害怕與慌張，全身不禁開始顫抖。

爸媽結婚多年，感情一直很要好，雖然說偶爾會因為小事情而吵架，但吵架過後爸爸都會柔聲哄媽媽，甚至會買些小禮物逗媽媽開心，而媽媽的氣就會很快的消了。

聽說很久以前，在他們年輕的時候爸爸對媽媽一見鍾情，兩人第一次見面是在大學的活動上，年代太久遠，忘記是系上的活動，還是社團舉辦的活動。總之，當時的初見爸爸就被媽媽的氣質給吸引住，他的個性又是屬於比較主動的一方，便上前主動的認識媽媽，然後相見幾次後就開始展開追求了。

那時候媽媽是被爸爸窮追不捨的毅力給打動的，他長相普通，可是非常的有誠意，講話老實不油膩，不像其他追求者那樣說著天花亂

墜的甜言蜜語，當其他追求者送花送禮送甜點的時候，他送了兩張電影票，微笑地說要請她看電影，媽媽當時沒有任何的猶豫，便答應與爸爸一同看電影。

透過相處，更加認識眼前這個人，才會答應與他交往。

回過神，放下這些回憶的故事，她想起剛剛經過餐廳的時候看見爸爸跟那位阿姨一起用餐，兩個人有說有笑的，她真的感覺不對勁。

如果只是相聚一次，她會當作是久未相逢的好友，但如果持續兩三次了，她不得不開始猜疑。

看到爸爸回家的時候跟平常一樣，沒有任何的不對勁，她不敢問，只是偷偷地注意爸爸的一舉一動，不注意還好，一注意她就發現爸爸使用手機的次數變多了，目不轉睛地盯著手機，嘴角有著淡淡的微笑。

慘了，如果真的是她所想的那樣子，那該怎麼辦才好？

在她胡思亂想的時候，爸爸突然朝她走近，將自己的手機拿給她看，「妳覺得媽媽跟哪條項鍊比較搭？是這條紅寶石？還是這條翡翠綠？」手機螢幕上呈現兩張飾品的照片。

爸爸要送禮？她想了想，媽媽的生日還很久，為什麼突然之間要送禮？無緣無故送禮是不是表示做了什麼虧心事而想要彌補？

她開始慌張了，隨便選了個翡翠綠，就躲回自己的房間裡。

天啊……怎麼會這樣子？難道爸爸真的做了對不起媽媽的事情嗎？

她要開口跟媽媽說嗎？還是選擇不說？

過幾天，爸爸送了那條翡翠綠項鍊給媽媽，說是他們在一起的三十週年紀念日，媽媽嘴上雖然碎唸著大家都在過結婚紀念日，哪有人在過交往紀念日的。

「這項鍊哪家的啊？」趁著媽媽跑去房間戴項鍊的時候，她偷偷的問爸爸。

爸爸笑說剛好有認識的學妹在法國代理商那裡工作，近日回到台灣，他為了能夠買到便宜的項鍊，請她吃了幾次飯，也懇求了對方好幾次，最後學妹終於答應利用關係幫他買到便宜項鍊。

原來是學妹啊……

「爸，我以為那個女人……」她欲言又止。

「腦袋裝什麼？電視看太多了，以為我外遇嗎？」

唉，她就是忍不住猜疑嘛！還好是誤會一場……

07. 通勤之景

作者：倪小恩

　　每天早上，我都會到巷口處的公車亭那等著公車，公車約莫十到十五分鐘就有一班，因為巷口處的公車站是起源的第三站，因此當我上公車的時候，我幾乎都是那位第一個上公車的人，而公車司機總是會笑笑地跟我打招呼。

　　由於我都固定時間出門，天天都搭上同一時間的公車，所以公車上面的乘客有五成是天天看見的熟面孔，另外五成則是沒有看過的陌生面孔。

　　我知道有位嗓門有點大聲的大嬸都會帶著自己的孫子去學校，可能是小孩的爸媽太忙於工作，所以請她帶小孩，小孩背著幼稚園書包，身上穿著一件幼稚園會有的圍兜兜，在小孩上下公車的時候雖然大嬸的語氣都會大聲且催促，但她都會小心翼翼地注意小孩上下車的安全，一開始我會被她的大嗓門給嚇到，可是久而久之，我反而倒習慣了這大嗓門給人的安全感。

　　我也知道有位上班族女性幾乎天天穿著同一身套裝上公車，看起來是在銀行上班的專員，她綁著高高的馬尾，從來不知道自己的馬尾會甩到後面的人，有時候她會緊盯著手機，目不轉睛地看著上面的影片，我之所以知道她看的是影片是因為某一天她沒有把耳機插好，就這樣讓韓劇的聲音大聲洩出，吵了大約十分鐘的時間後才有好心的路人提醒她安靜一些，她便一臉失措的將耳機插好。

　　還有一對可愛的高中生情侶，兩人不同站上車，但彼此會約好上同一班的公車，偷偷的在公車上面手牽手，偶爾擁抱，偶爾親吻，在做這些情侶之間才會有的親密動作時，還會可愛似的東張西望，好像在做壞事一樣，深怕有人正看著他們兩人，當確認沒有人注意著他們的時候才大膽地抱在一起，殊不知他們再怎麼的小心防範，這些動作卻還是通通被我看在眼裡。

　　另外，還有一位老人家，看起來應該七十多歲了，他手拿著拐杖，走路非常的緩慢，而且身子顫抖，我都深怕他下一秒鐘就會跌倒，有一次我鼓起勇氣起身上前要扶他走路，但他搖手說不用，我便又坐回自己的位置上。而公車司機也體貼地等他緩慢地走到座位上坐好後再發車，以免他真的跌倒受傷。

　　我覺得這是一件很有趣的事情，每天都會在公車上面看到這些熟悉的陌生人，我們完全不認識，也不知道彼此的姓名，但卻每天都會在公車上面遇到，我們從來不會主動的向對方打招呼，在公車遇見只是淡淡地看對方一眼，然後再繼續做起自己的事情，有時候划手機，有時候看著窗外飛逝而過的風景。

　　但有了這群熟悉的陌生人在，好像這漫漫長的通勤時間，似乎沒有那麼無聊了。

08. 秘　密

作者：倪小恩

在這個班級裡，我有個深深藏在心中的秘密，這個祕密我不敢對任何人說出口。

班長是一名男生，他的成績很好，在班上一直維持在第一名，他熱心助人，人緣又好，時常被老師稱讚。

但我討厭他！非常的討厭他！

沒有人知道班長都會偷偷的欺負我，我知道就算我說了班上也沒有人會相信身為模範生的他會做出這種事情來，他非常的惡劣，時常把我帶到四下無人的地方對我的身體亂摸，不單單是隔著衣服摸我的胸部，是手會伸進衣服跟褲子裡的那種。

每次撫摸我身體時，我都咬唇忍受這樣不舒服的碰觸，而他都會凶狠警告我，說若我把這些事情說出去了，他就會找人來打死我爸媽。我爸爸媽媽的工作很辛苦，他們是在菜市場賣菜的，每天的清晨都要去跟果農批貨，然後拿來販售賺取這份辛苦的收入。

班長的爸爸在警察局上班，好像是挺高的職務，我不太了解警察局裡面的階級，但我知道跟僅僅只是賣菜的人相比，他們顯得偉大許多，權力也很大。

我深怕有一天他真的會對我父母做出什麼事情來，所以對於他對我做的事情，我只能當作是秘密深深地放在心中。

　　我對他感到恐懼，我很怕他，也很想逃離他，可是我知道我只要一逃離、只要沒有乖乖聽他的話，就會有更糟糕的事情降臨在我身邊。

　　日子一天一天的過去，我開始討厭去學校，但是我卻不得不去。

　　而以往單單的身體撫摸好像已經無法滿足他的私慾，他開始對我性侵，每一次的性行為我都感受到自己身體有如撕裂般的疼痛，只要我發出聲音了他就會打我，所以我不能有任何的聲音出來，我也不能做出任何求救的行為，因為他說過這是我們兩人之間的祕密，所以絕對不能讓第三個人知道我跟他之間的秘密。

　　因為若被別人知道了，就不再是秘密了。

　　最近學校段考來臨，他又再次的拿到全校第一名，當導師站在台上稱讚他的時候，我覺得眼前的一切都好噁心，沒有人知道那光鮮亮麗的外表下，有著多麼醜陋的靈魂。

　　但是我更加的討厭我自己，因為我不敢說，我害怕這秘密若說出去了，會有什麼可怕的事情發生。

　　直到某一天，當他見到某位同學身上的車禍傷口，那厭惡的表情深刻地跑進我的腦海中，我問自己，我身上如果也有這些可怕的傷口，那他是不是就不敢再碰觸我的身體了？

於是，有了這個想法的我異想天開的自己跑去給車撞，當送進醫院的時候，醫生發現我身上不僅僅有車禍造成的傷口，還有些明顯是被人毆打的傷口，另外也發現了處女膜的撕裂傷。

醫生將這些結果跟一位女警說了，面對女警的提問，我不敢開口說出任何的事情。

完蛋了，我只是要讓他看到車禍傷口而不敢碰我，我沒有想到這秘密即將被人知道⋯⋯

09. 等　待

作者：倪小恩

　　一整天的時間，她一直靜靜的在屋裡等待。

　　滿臉的哀愁以及滿腦子的煩惱，她的思緒在遙遠的地方，彷彿此刻她的身體就只是一副空殼而已。

　　此刻的她想著一個遙遠的男人，這個男人深深地住在她的心中。

　　她想起他們的第一次碰面，對方那俊美的五官和從他唇中吐出的甜言蜜語都深深地吸引著她，每一次的眼神接觸都讓她的心狂跳不停。

　　她想起他們第一次牽手，皮膚上的神經機能好像出故障一樣，讓她覺得自己遭受到強大的電擊，不僅是發麻，甚至緊張得一直出汗。

　　她想起他們第一次接吻，狂野又熱情的吻讓她差點喘不過氣，呼吸整個錯亂。

　　每一次的碰觸都讓她覺得自己快要窒息，每一次的溫柔都讓她覺得幸福得要死掉。

　　她不能沒有他，對她來說，這男人是何等的重要。

　　但是最近男人變了，與她通話的時間變少了，來找她的次數也漸漸地減少，到最後就如同現在一樣，已經有好幾天的時間她都是一個人靜靜坐在沙發上等待，一個人失神的做了兩人份的中餐以及晚餐，陪她吃飯的是布偶，替她暖床的是電暖爐，與她一起度過歡笑和淚水

的是電視節目，與她一起居住在這間大房子的是寂寞，通通都不是那個男人。

她不懂，究竟是她做錯了什麼事情，還是只是他單純覺得厭倦了？

不管怎麼想，她就是想不到出到底是哪裡錯了……

無神的目光在屋子裡移動，這屋子的每個角落都有著與他一起相處的回憶，兩人一起互相依靠在沙發上看電影，兩人一起在廚房裡準備餐點，一起坐在餐廳裡互相餵食，屋子裡不管是哪個角落，都有兩人相處的影子。

以往想起這些回憶是滿滿的甜蜜，可是如今想起這些回憶都是揪心般的痛苦！她痛到彷彿整顆心臟都在流血。

突然之間，角落的地板上好像有什麼東西閃爍了一下，她眨了眨眼睛，好奇的走向前，彎身去撿起那閃爍的物品，緊接著，她笑了。

「我希望，在只有我們兩個人的時候，你可以把戒指拿掉。」她曾經撒嬌，而男人順口答應了。

原本憂愁的臉頓時綻放著期待的燦爛笑容，她開始在廚房裡切菜，嘴裡哼著歌，將那些切好的菜全數都掃進沸騰的湯裡，心中期待著等等與他的會面。

現在的她可以百分之百的確定他是一定會來到這間屋子的了，因為，他與他老婆的結婚戒指就在她這裡呢！

　　看著那顆閃爍無比的鑽戒，她直直發笑，以往看到這戒指的時候她會傷心、會難過，所以她才要他將戒指收起，可如今這枚戒指意外成為了他回到她身邊的工具。

　　「快回到我身邊吧！寶貝。」她喃喃自語，想到等等男人會出現，她不禁又笑了。

10. 想被記得

作者：倪小恩

「我想被記得。」他曾經這對她說。

當時，微捲的睫毛下是一雙失去色彩的眼眸，沒有任何一絲波動，情緒是平淡的。

她與他之間說不上有交情，說熟也不算熟，但說完全不認識，曾經有說上幾句話也不算不認識。

在班上，就是有一些那種平常就不會被注意的人，成績永遠都是在中間，不好也不壞，總是安靜話少內向，有時候班上少了這些人的存在都沒有人發現，唯一會發現便是被老師點名的時候。

這種人就是屬於班上的邊緣人。不會被老師誇獎，也不會被老師責罵的人。

而他們兩個人就是這樣的身份，所以才會講上話吧？

「若想被記得，得做出一些驚天動地的行為，不是過好就是過差，我沒有第一名的頭腦，與其拿第一名，拿最後一名反而是一件相對簡單又容易的事情。」他這樣對她說。

於是，他決定在這一次段考通通交白卷，本來以為會因此引起老師的注意，但總是最後一名的那位愛搗亂的同學直接在考卷上面寫了難聽的髒話，完全搶走原本應該屬於他的注意力。

老師是有罰他，但僅此而已，把其他的謾罵心力全都專注在那位搗亂的同學身上。

「可惡，我沒有想到最後一名如此惡劣。」他抱怨。

看著自己全部都是個位數的考卷，她攤手不以為意，比起被注意，她倒是喜歡不被關注，就這樣默默地直到畢業就好。

「還是妳覺得，我去偷拍女生上廁所？」他一臉思考。

「變態，如果真要拍，應該去偷拍老師上廁所才對。」

「聽起來是好主意。」他竟然笑了，似乎理所當然地接受她的提議。

她也不知道他是怎麼做到的，過了一週的時間，他竟然給她看他偷拍的影片。

畫面是廁所內由上往下的拍攝，可以看見廁所內女老師如廁的動作，但無法看到受害者的面容。

「你真的很噁心。」她不禁說。

「如果我把這影片傳到網路上，我就會被注意了吧？這樣一來，就沒有人不記得我了。」

偏偏,班上愛搞亂的那位最後一名對某位女老師惡作劇,直接掀老師的裙子,被學校記了警告,很快班上的焦點全都在那位最後一名身上。

他憤怒,「我到底要做到什麼樣的地步才能被記得啊?」

「那你為什麼這麼想被關注啊?」她問。

「爸媽離異,我是被親戚從小養大的,但親戚也有自己的小孩,雖然不會對我不聞不問,可是所有的關愛都在親生小孩上面,我討厭這樣子,我討厭被忽略、討厭被漠視,為什麼就是沒有人關心我的生活?我會不會死了,也不會被任何人記得?」

「可是,這樣的你可以隨心所欲地去做每一件你想做的事情。」她說。

「我不需要。」他眼神黯淡,「……我決定晚上吞安眠藥自殺好了。」

隔天,他果真沒有來學校,再隔天,他還是沒有來學校。三天後,導師說他生病了,可能要在家休養一陣子才能回來跟大家一起上課。

也許老師知道了他自殺的消息,只是選擇不告訴班上的同學們,總之班上就只有她知道他自殺未遂。不久,他前陣子拍攝並且放到網路上的偷拍影片引起公憤,可是班上沒有人知道是他做的。

　　於是，她把當時與他對話時偷偷錄下的錄音拿出來公開，算是完成了他的希望。班上的同學不敢相信，看起來孤僻卻一副乖寶寶的他竟然會做這種事。

　　「現在，你被記得了，但我不確定你知不知道就是了。」她對著空氣說。

11. 故居三合院

作者：曼殊

　　三合院如今已成為罕見的充滿濃厚台式古風的房子。五、六十年代務農的鄉下人，住的居所都是紅磚屋瓦，牆面竹片敷灰泥而建的三合院。台灣經濟起飛之際，由農業社會進入工業年代，農村中的年輕子弟，大多不願務農，進入都會區謀生，賺了錢之後，回到鄉下老家，將三合院破敗的部份，改建成三層樓房，俗稱為「透天厝」，一時之間西式洋樓房的建築，成了家族發跡的象徵。

　　鄉下愈來愈多的透天厝，逐漸掩沒了傳統的平房建築，民間雖後續成立「古厝保存修護」的計劃，希望將充滿鄉風的古典建物，世代留傳，供人遊賞，但終不敵西式風潮。

　　三合院的構造，一般由北面正房（正身）和東西廂房（護龍）組成，由於房屋坐落於三個方向，故名三合院。中國傳統的三代同堂的觀念造成大家庭，祖孫共住的家居情形，三合院以中間為正廳，作為奉祀神明、祖先神位，與接待賓客之處，左護龍為長子所住，右護龍為次子所住；三合院中間的大庭院，俗稱「稻埕」，又稱「門口庭」，平常用作曝曬如稻米、土豆、大豆等農作物，更是提供小孩子活動遊戲之場所，或作排桌請客之用。

　　大庭院充滿了我兒時遊樂的印象，鄰家姊妹聚集在庭院打羽毛球、蹓冰、跳格子、打棒球；冬日暖陽照射的庭院中，坐著與鄰居閒聊談天的老奶奶，母親在曬蘿蔔乾；端午節在簷廊下包粽子；夏日夜晚，坐在矮凳子上，觀看滿天星斗的夜空。

　　每年的清明節，回老家掃墓之時，總是懷著希望再見上那些珍稀的三合院屋宇。但可惜的是，三合院在鄉下變得零落稀少，久居都會區的我，往往格外喜歡一樓平房式的建築，望著密佈的高樓大廈，不知何時，我也染上一份想歸回原居的鄉愁來。

　　回到故居三合院的機會不多，往往都在年節時候和家人一同前往，看著落敗雜草叢生的庭院，廳堂內的地磚瓦牆雖仍完好，但散發著久未住人的落寞氣息，著實令人不捨。但，離開家鄉的我們這一代農家子弟，都未曾以務農為業，回到鄉下，又如何謀生呢？

　　年少時離開鄉居，心中嚮往繁華熱絡的都會時尚風氣。多年後，經歷人世駁斑歲月洗練下，再見鄉居三合院之時，依依不捨之情油然而生，曾在夕照餘暈染黃了的院落中，朝田野低吟淺唱著漫步，天邊的夕陽伴著歸去的晚雁低飛，那份情景彷若昨日般清晰重現。

　　我懷念鄉居時光，如今碧水青山四面繞的閩南式古厝，紛紛轉變成觀光景點，或蛻變成民宿，我也希望故居三合院可以永久保存下去，傳承至下一代手中，讓飄泊在外地的遊子，心中始終保有一份對家鄉甜美的回憶。

12. 寂寥的星期一

作者：曼殊

今天是星期一，不知怎的，我的心情也隨之帶著些許的憂鬱起來了。

每逢星期日街市人聲鼎沸的景象，到了星期一倏地轉成清冷靜寂的場面，尤其每個市場的公休日，就落在星期一，經過此地，熱絡攤商小販全消失，整條街道顯得冷冷清清；博物館美術館也在星期一休息；一切顯得如此寂寥。

時而可以享受如許的靜謐，讓我總會在星期一想起一句詩來：「雨落在星期一的屋頂上」，碰到星期一的早上落著雨時，應該更令人難以感到快樂吧！

星期一向來被冠上「藍色憂鬱日」之稱，據學者專家們研究，證實了一個現象：「人類的情緒會有週期起伏，星期六是最高峰，然後在新的一週開始時急劇下降，星期一是谷底，之後隨著日子緩慢上升，週而復始。」

我想除了研究報告之外，星期一許多集市和博物館休息，令人們少了好幾處遊逛的地點，閒暇時間多，自然變得無聊起來，無聊時就易生愁悶之心。

然而星期一對我而言，亦如雨天給我的感受般，唯一不同之處在於，星期一是慣性的到來，而天氣的晴雨與否，卻是隨機的，我們或許會被突如其來的雨困在屋內。不過，對於不留意日子的人，往往會

忘了今天是星期幾，徒然經過市場時，發現往常熙攘的人潮不再，頓覺原來今日是星期一呀！

有時候，突然有空，想看場展覽，驅車前往美術館或博物館時，吃了閉門羹之後，才長了記性，記住星期一是公定的館休日呀！

也在此時容易陷入一片茫茫然的空寂感之中，就像與人相約見，而對方突然臨時取消約會，這時候內心也會被突如其來的意料之外所沖擊，突覺失落感加深，有時難以打發這空閒下來的時間，遂獨自到公園處走走坐坐，看看水鴨在池中嬉戲，雀兒在腳邊跳躍著，小松鼠在樹枝椏之間活潑的蹦跳來去，大自然時刻給予人們一份撫慰之情。

我慣常在星期一陷入寂寥之時，隔著咖啡廳的玻璃窗，看窗外被陽光照射的街道，偶爾見路人手拿飲料杯漫步經過，或見清道夫在掃除飄了落葉的人行道，星期一的咖啡廳也是人潮最少的時候，充滿寂靜感的時刻到來，也許正適宜讀一些往日不太看的文章，也許聽聽許久未聽的歌曲，充分讓自己沉浸在一片孤寂單調的氛圍中，時間就像划過指尖的微風般，悄悄地流逝過去。

星期一，終究還是令人特別容易感到沉寂。

13. 那些獨立的美好

作者：曼殊

「自己煮，青菜蘿蔔乾。」

「自己玩，草原山上隨意走。」

人生就像蒲公英，看似自由卻身不由己，很多時候常常必須一個人處理事情。唸書時不能靠老師，生病時不能靠醫師，工作時不能靠同事，培養獨立性成了很重要的生存方式。幾乎在每個人的一生中，大部份時間其實都得一個人度過，親人也只是陪伴在身旁的配角而已。

每個人都有自己的喜好和意見，意見不和常常是感情的致命傷，這時難免出現一方遷就一方的做法，才能確保繼續交往下去。

旅遊市場出現自由行的浪潮，一個人買機票自助旅行，不必跟團，可以不按照旅行社的行程表，可以隨心所欲一些，但自由有自由的代價，根據背包客在論壇內發表，一個人自助旅行其實負擔更多的費用和風險。

那些為了獨立自主而付出的代價和心血，從來不便宜。

隱居在瓦爾登湖兩年又兩個月的日子裡，梭羅寫下《湖濱散記》一書，每天面對著靜謐澄澈的湖水與滿林山色，過著被人遺忘的恬淡生活，克服貧瘠的物質條件，脫離一般世俗的追求，靜靜地與自己對話，鎮日讀書沉思寫作，心靈得以無拘無束，因而道出：「從今以後，別再過你應該過的人生，去過你想過的人生吧！」

　　毋寧說知道自己喜歡什麼，不喜歡什麼也是一種自我覺醒，選擇適合自己的生活，才能由衷地散發出熱情與活力，日子才過得下去。梭羅按照內心的意志選擇了離群索居一段時日，寫出對生命的體悟：「生命並沒有價值，除非你選擇並賦予它價值，沒有哪個地方有幸福，除非你為自己帶來幸福。」

　　如果自己不能生出力量讓自己活得幸福精彩，又怎能期望讓別人帶給你歡樂呢？如果不能獨立勢必依賴他人生存，依賴令人百病叢生，如果能持有不想給他人負擔的心態，那麼即使生病了，都能靠自我意識復健重生。

　　人生充滿變數，失戀、事業失敗、疾病、傷殘，都可能讓人懷疑自己的價值，這時候能夠認清外在事物的變化，自己仍然做回自己，就像落水之人得到了救生圈那般重要。

　　親人、朋友、專業人員都可能是那位丟下救生圈的人，能不能抓住救生圈，再爬起來，多半就要靠自己了。

　　有人可以贈你一把釣竿，但能不能釣到魚，終歸還是得靠自己。

14. 下雨天

作者：曼殊

　　一年之中碰到下雨的時候總是多的，尤其靠近山區的地方，濕氣特別重，當午後落起雨時，我總愛躺在軟布沙發上，傾聽雨滴灑落在大地上的聲音，勝過任何樂音帶給我的感受。

　　下雨天特別令人不想工作，或不得不停止工作，靠天吃飯的行業很多，像戶外旅遊業，好不容易興致沖沖前往風景名勝遊覽，卻下起了雨，山河頓然變色，不過，仍有人堅持在氣候不好時，出去走走，驚濤裂岸的海浪一波波朝岸邊襲來，彷若欲將人捲入海內時的驚心動魄之感，那是有別於風平浪靜的景緻。

　　農夫遇到雨天，也照樣是得休息的，不過，仍有穿著雨衣雨鞋行走在田徑間下田的人。有時候，就看人當時的心情而定，或許雨容易引起人莫名的萬千思緒，而人是情緒化的動物，容易因不同的景物而受到影響，同樣是豔陽高照，如果你心情好就會覺得舒服愜意，但如果正心煩，就會渾身燥熱不安；同樣是下雨天，心情悠閑時，就會享受到細雨潤物的清新。

　　如果綿延不斷的持續下著幾個月的雨，那怕要引起人的怨懟之情了，尤其進入梅雨季節，滴滴答答的遍地潮溼，缺少爽朗的氣息。至於什麼是梅雨呢？據說起源於中國江南一帶梅子成熟季節，在氣象學上來講，因滯留鋒面徘徊以致陰雨連綿，久雨不晴而得，古人也流傳「梅子成熟傾盆雨」之說，這也是東亞地區獨特的天氣現象。梅雨也是台灣僅次於颱風的重要降水來源，歷年來最怕聽到缺水的苦

惱，像今年就又傳出水情吃緊的問題，碰到好不容易的雨天，反而令人歡喜。

古人聽雨的感受落於筆下，產生了無數經典的詩句，像唐朝劉禹錫：「東邊日出西邊雨，道是無晴卻有晴。」當又晴又雨的情形下，往往造就了天邊的彩虹；宋朝姜夔：「人生難得秋前雨，乞我虛堂自在眠」雨天閒適自在的心情，枕上聽雨自帶詩情畫意；宋朝趙師秀：「黃梅時節家家雨　青草池塘處處蛙　有約不來過夜半　閑敲棋子落燈花」，道出梅子黃時雨的鄉村景象，朋友失約，獨自下棋的落寞，唯有窗外的雨相伴。

當下雨天時，何妨暫停手中的工作，靜靜沉潛在大自然景物之中，感受微風細雨的陰鬱沉緩步調，也許雨天反而給人一份休養生息後，再重新出發的自我調適吧！

15. 為兩隻貓服務

作者：曼殊

　　當淡褐色花斑紋貓阿布站在玻璃門外，前腳立著，屁股蹲在地板上，睜著兩只圓滾滾的大眼望著我時，我立即拉開玻璃門，向牠說：「請進。」

　　入夜寒風冷冽，我總會注意家中養的那兩隻貓，會不會偷空溜出去外面呢？已經忘了是多少年前的一個冬夜，阿布就是以牠那哀哀叫的哭耗聲音，叫得人肝腸寸斷地打開家門，瞥見一隻約幾個月大的小貓，竟瑟縮在牆角，眼睛裡都是模糊了的眼屎，瘦得乾巴巴的見骨頭。

　　開了一場家庭會議爭論，有人反對有人贊成，於是雙方展開一場划拳決議，「剪刀石頭布」分出勝負，結果反對的那方出了石頭，贊成的那方出了布，我們決定收養這隻可憐的小貓，因為是猜拳決定的關係，又把牠取名做「阿布」。

　　阿布漸漸養肥養壯起來之後，常常將食物嘔吐出來，為此我頗感不悅，刻意在添加的貓飼料內偷工減料起來，希望阿布可以減少腸胃負荷過度的問題，剛開始阿布還會為吃太少而抗議，漸漸習慣食量變少之後，竟也不再喵喵叫地哀憐抗議了。

　　沒想到幾年後，一隻狗追著兩隻貓打架，嘶殺得慘烈，一隻有著深褐色毛髮，有點壯的貓受傷了，剛好在我們家後院被發現，我們本來想帶牠去看獸醫，等傷好之後，就不管牠了。

　　結果名叫咖啡的這隻中年貓，就此賴在我們家不走，我們有了前車之鑑，這回遂爽快地決定，再收養一隻貓吧！

　　從此兩隻貓相依為伴，卻也時常碰出相互搵打的火花，每當這時候，我們必需將他們強制分離，一隻放到外面，一隻放在裡面，待牠們冷靜之後，在外面的那隻貓，自然會哀憐地站在門口，乖乖地等我們開門讓牠進屋。

　　咖啡沒有像阿布那樣活潑，牠較常蜷縮在屋內，尤其下午的午睡時間非常長，牠較不愛動，吃得胖胖的，肚子好像要垂到地上一樣，於是我又動了要牠節食的念頭，每回餵食都以少量飼料開始，隔三四個鐘頭，見牠吃完之後，再添加一點點飼料進去，一天只餵三次而已。不過，我家人受不了牠們喵喵叫要食物吃的聲音，又常常在我餵完之後，又繼續添加飼料餵牠們，以致於，兩隻貓，一天不知道到底吃了幾餐呢！

　　貓的壽命不長，平均只有十幾年的光陰，看著牠們圓滾的琥珀色眼睛，有時候我會想，不知道何時，兩隻貓再也無法讓我替牠們服務了呢！

16. 月光如水

作者：曼殊

　　偶爾靜靜地沉思一會兒，想些有的沒的，也許什麼也沒想，此時附近的工程正在進行，夜深了竟還傳來挖土機運作的聲音，除此之外四周闃靜。

　　暫時不聽音樂，腦中浮出如潮水般的往事。

　　那一晚山上的月亮很圓，才剛過農曆十五的緣故，初秋的氣息略微趨散了夏日沉悶的熱氣，涼風清爽地飄在四周，空曠遼濶的視野，令人心胸豁然地開朗起來。

　　煮一壺茶，溫一壺酒，與你對坐促膝夜談，在月色下漫步於林間小道，許多事物都被我們日漸遺忘，那日卻想起了許久未再記起的往事，當時的我們多麼年少輕狂。

　　可你的鬢角終究染上了白絲，你的視力日益衰退，長年來走訪江南山水，捕捉美景永留在畫布上，那染不盡的各式絢爛的色彩，成為你畢生心血。

　　平日裡各忙各的，幾乎很久才見一次面的我們，一旦談起來，天南地北話不完，你突地憶起住了七年的蘇澳，那裡潮溼的氣味，終令你移居到氣候溫和乾爽的宜蘭定居，只是這一回會住到何時，對你而言，人生也還未有定論，也許又回到台北繼續住下去。

　　過慣飄泊生活的你，喜歡一個人無拘無束的自由自在，我總愛用閒雲野鶴形容你，而你替我取了個逍遙散人的別號。偶爾你拿出珍藏

的紅酒，倒了大半個玻璃杯，你說紅酒喝之前，必得先醒酒半小時後再入口，才能品出好味道，無奈我愚笨的味蕾，卻始終喝不出這其中的不同滋味。

銀白的天月灑落，你說愛上了那瀟瀟風雨敲打著窗櫺的聲響，將滿輪月色與竹林留駐在筆下，捕捉月光和風的氣息，我似乎看見了那呼嘯疾逝的北風中，駐立山頭的孤影，你說你的畫中總是缺少合適的詩詞添興，我遂記起李白的《把酒問月》：

「今人不見古時月，今月曾經照古人；
古人今人若流水，共看明月皆如此；
唯願當歌對酒時，月光長照金樽里。」

古往今來不論多少人事物的變換，唯一不變的是天上的明月同樣照耀著大地，我說不如就畫幅兩人對坐「把酒煮清茶」的畫面，將你那茶具和酒杯，古董桌都畫上去，還記得添上窗外的月光，再配上李白的月光詩吧！

你笑笑回答「好呀！」

但，日子一天一天流逝，始終不見你的月光畫，我卻在靜闃的深夜想起了那月光如水的夜，永恆地刻在我記憶裡，始終不變。

17. 隨性的小自由

作者：曼殊

就讓我保有一點隨性的小自由，雨浸濕了街道，我在其中散步，上班人潮不斷往我眼前經過，我可以保有一點小自由，在人潮眾多的時候，選擇加入或退出。

保有一點小自由，選擇上班或不上班，我獨自散步許久，嚐過自由業的味道之後，竟發現那點小自由竟變得微不足道，如今竟懷念起晨起搭著交通車，跟著人潮往商業大樓辦公的日子。

上班人潮不斷往我眼前經過，坐在咖啡館內讀報吃早餐，也許待一整個上午，也許待兩三個小時，時間變得無關緊要，捷運設施對我來講也許是破壞了些自然景觀，但我們活在群體社會裡，大多數人都無法不被時間左右，很多工作具備即時性和時效性的要求，於是一條又一條不斷擴充和新建的道路橋樑，幾乎綿延到天邊去。

上班時間，我在其中散步，有時學兩隻貓打盹，就讓我保有一點隨性的小自由，那時候的我，曾多麼欽羨於這樣的工作型態，曾以為會醉心於一輩子的事物，竟也不敵人心的變幻莫測，這時候，我以為的隨性的小自由，竟像是朝世間抗議，抱持著玩世不恭的態度。

我開始解讀什麼是隨性呢？字詞解釋成：「依隨自己的心情，不迎合，不造作，按照自己所思所想而行事。」

隨性和任性並不相同，隨性自主不侵犯他人的權利，有時候，只是為著那麼一點小自由作祟，而放棄了穩定安逸工作，人生抉擇竟也像是下了場賭注，未知結果輸贏的遊戲。

　　就讓我保有一點隨性的小自由，上班時間，我在其中散步許久，等待雨停天晴的時刻，待在人行道上看著人車穿越而過，也許街角今天仍會出現那位擺雜貨攤的小販，市集裡不再是往日我覺得髒亂的場所，換個不同角色看待人生，發現以往未曾出現的視野，想不到我曾是如此地冷漠匆忙地不管他人死活。

　　我在其中漫步許久，開始懂得禮讓行色匆忙的人車而停下腳步，緩緩走過街頭，老人待在公園裡閒晃，長石椅上坐著行動不便的病患，他們都不是上班人口，卻也同樣和我在上班時候，選擇出走家中，不知為的什麼，也許只是想在城內窄閉的空間外透氣，然後再繼續過著平常的日子。

　　城市總是充滿太多的事物，而我總在那人潮最熱絡的時刻，刻意走過街頭，與人擦身而過，再回頭看看身旁的人，一回身也許這輩子再也不可能相見。而我繼續在其中散步，許久，許久……

18. 失眠歲月

作者：曼殊

　　青春時期的我，還未涉世之時，經常失眠，一星期中總有三四天睡不好覺。

　　靜夜昏燈下躺著，反覆揣想日間看見的人，掂來捻去日間聽見的話，這些看起來平淡無奇的尋常細節，常常在夜間入眠時，一再像倒轉回帶的 CD 片段般，迴繞在我心頭，過了許久才消散。

　　也因為與人相處過多，時常遇到煩心的事，我變得比較喜愛獨自一個人，一個總老是喜歡想太多的孩子，太早明白世事複雜，卻還沒有學會如何想得開，真是折煞了我的年少時光。

　　那時我學來許多對付失眠的招數，像數羊這套把戲，也不知道數了幾千幾萬隻羊過去了，一隻羊又一隻羊的跳過欄杆去，怕只是嚇跑了瞌睡蟲而已，睡意仍不見到來，我腦子反而像更清醒似的，只覺得皮膚毛細孔半夜出油得嚴重，隔天一早，怕又驚見疲憊困頓的雙眼和黯淡長痘的皮膚。

　　失眠真是惱人呀！

　　那時候，藥局還可以買到好入睡的藥，我向藥師謊稱，課業壓力大，我睡不著覺，他遂開了三顆鎮靜劑給我，我高興的拿了藥回家。

　　晚上九點鐘就上床，準備入睡了，但翻到十一點還睡不著覺，我吞下了安眠藥，不到十分鐘的時間，即沉沉睡去，隔天一早醒來，發

現容光煥發的臉龐，精神飽滿抖擻，我益加的痛恨睡不著覺帶給我的痛苦了。

不過，我是個不喜歡依靠藥物治療的病患，認為藥物的副作用過高，如果有病的話，一定要從本源著手，找出發病之因。

為此，我又學會了靜心、放下執著等心法，印象中還特別看了許多跟哲學思考有關的書，像林清玄的散文，或者鄭石岩的書……

慢慢地，培養閱讀習慣後，在書中遇到了談自己生活的作者，分享面對困苦的智慧、或是人生過程的一段記錄……我學會觀看別人的人生來印照自我生命歷程的悲喜後，發現困擾自己的那些問題，前人都經歷過了，這是書本帶給我的啟發。

學會從心念著手，去找出煩惱的根源之後，困擾我的失眠症，終於消失了，三十多歲時的我，已經脫離了十七歲至二十四歲，容易失眠的那段時間。

現在，雖然偶爾也會有睡不好的時候出現，但，我卻學會了一項心法，那就是不為任何不順利的事，產生焦慮不安感，即便今天我表現失常，沒有呈現完美狀態，那麼只須記取教訓與經驗，下次再變好，讓自己更加成長，不再做過度苛責自己的舉動了。

慢慢地，我曉得很多病源來自於過度執著，學會適度放下的分寸拿捏，永遠是必須學會的功課。

這堂課，對我而言，至今仍沒有下課的時候！

19. 橘子成熟時

作者：曼殊

秋末冬初，正是柑橘成熟的季節。

每年的十一月左右，時序正進入初冬，但氣候仍帶著典型秋天酷涼的迷人氣息，經過傳統市集，除了人車照樣的喧嘩之外，最不一樣的地方，在於除了常見的蘋果、芭樂、蕃茄等水果之外，一堆疊起的柑橘，成為街市上最常出現的盛產水果之一。

若想補充維他命 C、礦物質，柑橘水果絕對是當季首選，飯後吃顆橘子，酸甜多汁又幫助消化，也可以做成果醬、打成果汁或烘成果乾當零嘴，多元利用「全身都是寶」。

橘子尚有一種養身吃法，就是撒鹽烤來吃，熱呼呼的烤橘子吃起來暖暖的，身體跟喉嚨都變得很舒服。

近來也流行將橘子做成手工香皂，橘子某部份的清潔功能就和檸檬一樣，具備殺菌的功效，帶著微微的果香味，擦抹之際，留下淡淡的芳香氣息，散發在空氣中，似乎連帶著空間也變得清爽多了。

在許多水果之中，柑橘食用起來最為方便，只需輕輕用指甲剝開外皮，果皮和果肉就能很方便的分離開，果肉可以直接食用，不像柳丁的外皮那般難以處理，而橘子的口感，酸甜多汁，生津解渴膩。

台灣柑橘的老品種大多自中國引入，椪柑大約是在十八世紀末從潮州引進，性喜溫暖的氣候，所以大多種植於台灣的中南部一帶。比椪柑晚幾年引進台灣的桶柑，性喜冷涼，一開始只種植在台北新庄

子一帶，由於採收後以桶子裝載運送，才得名「桶柑」。桶柑後來移至陽明山大量栽種，因此又被稱為草山柑，加上多半於農曆過年前後成熟上市，又有年柑之稱。至於近年常見的茂谷柑則是 1970 年代以後，才從美國佛羅里達州引進栽種，不過產量有限，遠不及椪柑及桶柑。

每當產盛橘子的季節來臨之時，我一天總要吃個二三顆左右才過癮，學校醫院的營養午餐也經常在飯後配上一顆柑橘，從每年的 10 月底，一直到隔年春天的 3 月左右，幾乎有半年的時間都可以吃到甜美的柑橘。

由於「橘」與「吉」諧音，帶有正面的寓意，讓柑橘變得更加討喜，也成了家中經常供奉在神明桌上的水果之一，很多人也把橘子當成冬天的水果之王，據醫師所言，時令水果的營養價值往往最高。

有時候，胃口不佳，不想吃東西時，先吃顆橘子，反而可以促進食慾，那酸酸多汁又香甜的味道，就好像蜜餞般的引人垂涎，我總愛剝著它那一瓣一瓣的果肉，含在嘴裡，溫軟甜液在嘴內回甘，止不住的唾液也變多起來了。

每年冬天，我總愛在集市裡買幾斤橘子回家，象徵橘子熟時家家喜。

20. 想流浪的心情

作者：曼殊

　　如果當時我有一份牽絆在，我就不會去流浪了，因為自由的緣故，我曾想過離開平日生活的環境，到外地旅遊一番，或者居住一段時間再回來。

　　家，總令我無法待得舒適，每隔一段時間，來往於熟悉的街道裡，我總會感到厭煩不已，期盼著一處地方重生，騷動的心未止息，我提起行囊，奔向陌生的遠方，當個短暫的異鄉人。

　　只有當離開一段時間，再回到故鄉時，我才能再度體會日常生活的美好，而繼續著慣常的生活節奏，才能再度耐煩起來。

　　飄泊不安的字眼似乎足以形容我的心境，安穩一成不變的生活，向來不是我追求的目標，古人傳統的論命理論，將飄泊不安定視為不幸的象徵，追求安穩生活才是幸福泉源的保證。

　　跳脫了以功名金錢視作一個人成功的象徵，想起年少時的我，也曾陷入了這樣的追求當中，但時間過去了，終究我無法成為那樣的人，選擇工作時，總按照自己的喜好和直覺做準則，同一份工作始終無法待太久，經常離職的我，只有在脫離上班生活，成為自由工作者時，才是堅持一份工作最長的時期，自由型態的工作性質，才是令我能持續長久走下去的動力，有時沒事忙時，我也會為太多的空閒時間而陷入苦痛之中，辛棄疾的摸魚兒提到「閒愁最苦」大概也是這意思吧！

　　閒暇無事時，跳上台鐵列車站，沒有什麼目的地，啟程往不知名的地方旅遊，與窗外疾逝的風光為伴，有時只是搭個車到外地走走看

看而已，陰鬱的心情在旅程回來之時，轉成平靜寧適的悠遠氣調，每隔一段時間，我總會被一股騷動的不安侵襲，茶飯無思，夜裡輾轉反側，到別的地方生活看看的想法，盤踞著心頭，但因工作的緣故，始終難以成行，等到得空時，又因為沒有充裕的金錢而作罷，在時間裡來回擺盪之下，匆匆數年就這樣過去了，我也惋惜當初不痛下決定，致使一再後悔沒去實踐內心的想法。

機會總是有的，如果今年沒有成行，也許明年、也許後年去吧！總有那一年，我會去的。

我會像背包客一樣，背上大行李袋，徒走漫步在茫茫無際的公路上，或者穿越杳無人蹤的大草原，看盡古道斜陽，在無盡的黑夜中，細觀天上星辰的明亮閃爍，在我還有一顆流浪的心下，我會去的。

那顆未止息的心，朦朧地勾勒出遙望未來生活的藍圖構想，我想，我總會有實踐它的那一天。

21. 莫妮卡

作者：黃萱萱

年紀越大，莫妮卡對於過生日的興致也越來越平淡。今年，終於以「逢九不過」為由，躲過了慶生這個社交行為。

生日那天，分別打發了母親與婆婆的電話。

母親說，該過的生日就要過，以免老了會後悔。

婆婆說，下個月妳小姑生日，記得要回來張羅。

望著鏡子裡的自己，變形的身材，衰老的面容，再也不是曾經那個眉目如畫的青春小姐。

婚姻，抹煞了一個女人的一切，不論做什麼選擇，只看妳有無心甘情願，永遠不後悔。

唯獨不變的，就是從以前到現在，莫妮卡一直都是不善社交的人。網路，是她的發聲筒。對於婆家，對於娘家，吃了幾次癟之後，她也開始懂得保護自己。

丈夫是名符其實的媽寶，整天提醒著莫妮卡，我媽很辛苦，她是真心把妳當自己女兒……

身為一個媳婦，絕對不要相信婆家人把妳當親生女兒這樣的鬼話。兩年前，丈夫跟自己好姐妹外遇的事情，婆婆沒有意外的，出面護航兒子……

心已冷，愛已逝，什麼天長地久，永浴愛河，比不過丈夫一句「她的比妳緊」。

兩人的婚姻，維繫在一個正在念國中的孩子身上，莫妮卡並不想給兒子壓力，無奈孩子看見了真相，與父親的衝突與日漸增，丈夫臉面拉不下之際，只能斥責莫妮卡教養兒子無方，丟了他們家的人。

那時，莫妮卡爆了。她哭喊著要離婚，鐵了心的要搬出這個家，娘家高舉雙手贊成，母親還找了份不錯的工作給她，一切的一切，就等丈夫願意簽下離婚協議書……

只是，事情往往不如預期。

丈夫灰頭土臉的找她，希望她回家，當然，這不是他的意思，是婆婆的。況且，兒子根本不想跟他一起，甚至開始在外遊蕩，成績退步，老師已經致電家中關心。

「我媽說，家裡已經習慣有妳在……回來吧！」

她看著丈夫坐在另一端的沙發上，畏縮的模樣，娘家母親在一旁不時譏諷著，這大概是莫妮卡在這段婚姻中，最得意的時候。

但是，讓她選擇回去的，並不是丈夫的拉下身段，而是還在青春期的孩子。

如今，莫妮卡仍是家中長媳，重心全在今年準備會考的兒子身上，老公雖時常未歸，她已無心經營。

畢竟，她已是有 10 萬社員追隨的臉書社團團主，婚姻的失敗，讓她開始人生的另一條路，以婚姻中的女人為主題，與社員互相訴苦，激勵，諮詢，還有打氣。

莫妮卡相信，她會越來越好的。

22. 要愛自己的阿雅

作者：黃萱萱

「我們做人，一定要樂觀，對不對？」

阿雅看著我的眼神發亮，等著我的回應。

「是啊，讓自己過得更好最重要。」

我迅速掃過休息室，幾乎所有人都離她遠遠的，眼神充滿著嫌棄。

「要愛自己嘛！」

「對啊。」我笑著回答。

共事這幾年，我知道阿雅並不快樂。四十幾歲的她，有個勉強湊合的婚姻，老公因為癌症，外頭的女人不要他了，這才龜縮在家裡。

房貸，她繳的。

經濟來源，她掙的。

婚姻觸礁，加上經濟壓力，阿雅罹患了躁鬱症，老是重覆的向人訴苦，年輕的同事，起初還願意聽她說話，安慰她，後來嫌煩，都不搭理她！

甚至，還多了一個「雞母」的封號。

你問我嫌不嫌？當時的我，人生也不如意，需要一個「正能量」，好讓自己有繼續活著的動力與勇氣。雖稱不上與阿雅有多交心，可彼此互相激勵是好事。

當然，阿雅不受歡迎的主要原因，是因為說話太白目，太會碎念。

「吃雞排對身體不好，那個都有打激素的……欸萱萱在吃雞排欸，妳們勸她一下好不好？」

我餓嘛……心想。

「我媽當年就是房子賣得太早，現在起碼翻倍呢。她就是這樣，都沒問過我……算了，反正她也是個不快樂的女人。我爸媽就是大小眼，疼我姐跟我弟，房子啊錢啊……我一毛都沒有。」

妳也知道自己不快樂啊？放下吧……

「欸，妳怎麼穿這個顏色的襪子，粉紅色跟妳好不搭，好好笑喔，哈哈哈哈……」

………

阿雅縱使為人處事招人怨，我還是很願意聽她說話，因為，在她如此白目的背後，是求援，是渴望一個肯定。

因為，很久以前的我，也曾是如此，花了好長的時間才走出來，真的不希望再有一個人因為情緒困擾而影響生活。

尤其是，一個努力重回正軌的人。

倘若，再讓我見到阿雅，我還是會聽她的喋喋不休，然後，彼此說著：「要愛自己唷！」

23. 關於父親的故事

作者：黃萱萱

前陣子，因為 10 月份【桃園眷村文化節】的關係，家父跟其他的伯伯，接受國立中央大學服務學習發表中心的專訪。

很感謝他們，有一個管道可以讓我父親得以紓發對故鄉的思念以及軍中的回憶。

當年，國民政府以「復校」為由，我的父親以流亡學生的身份，就此踏上離鄉之途，他從未想到，這麼一去就是近 40 個年頭。在澎湖簽下了志願役，投身軍旅生涯。這是在一個大時代底下，為了繼續活下去的選擇。

軍旅生活，使得他在身為父親的角色上，是缺席的。回憶起當年，有次休假返家，年幼的二女兒，不識這個坐在椅子上看報紙的男人是誰，幼小的身軀直推著他出去。

身為軍人，不知如何成為一個體貼的丈夫，對自己的妻子，用的都是命令的口吻，母親早期的不快樂，其來有自。

家父退伍之後，開始做警衛的工作。那些年，他一直試圖想聯繫在大陸的家人，最後，拜託了一位即將返回美國的傳教士，請他把家書寄回山東的老家，直至後來回信⋯⋯家父終於踏上回家的路。

「少小離家老大回，鄉音無改鬢毛衰。」

當年的俊秀少年，再次返鄉時，已屆耳順之年，才聽家人說，每逢過年過節，母親都會望著東南邊，台灣的方向，聲聲呼喊著：「克勤啊，你回來過節啊，你回來過年啊！」

然而母親，早在他回鄉的兩個星期前去世了。時至今日，家父依舊思念著，他來不及盡孝的母親。

父親今年已 91 歲高齡，看在女兒的眼裡，有心疼也有不捨。在他的心底，他永遠都是那個十來歲的少年，在即墨的家鄉，因戰亂而殘破的家園，為了生活，守著地主的農田，餐餐吃著玉米糊糊的生活。

起碼那個家，有母親，有他的姐姐和兩個妹妹。當年，他的父親也在，終於戒掉鴉片的毒癮，認份的當著帳房先生。

如果父親沒踏上那班前往臺灣的船，或許一切的一切，對於我的父親，是一種圓滿。

然而，人生的字典裡，沒有「如果」。

在陽台曬著衣服的我，透過身後的窗，看著老父親在裡頭熟睡的模樣……

我希望這個少年，夢見他的母親，依偎在她的懷裡。那是他再也回不去的過往，夢裡的家鄉，仍是昔時模樣……

24. 老常的揍子直播秀

作者：黃萱萱

「喂！先生，您的外送來了，在樓下呢。」

「什麼？你在七樓？電梯壞了！要我上……先生你這樣不行啊？」

「給我加 50？先生，你下來拿吧，我給你 50……不是，不能這麼欺負人啊！」

「我態度不好？我哪兒態度不好了？！加 500……你下來拿，我還要給你 500？再見，這單我不做了。」

人生中兼差外送的第一筆訂單，就遇上了奧客，外送員索性不接了，直接回頭就走。

「你，就你呢！」他看到一旁正在移車子的老人家。

「這便當給你，不用謝我。」

老常接過了便當，一臉莫名其妙的看著外送員離開，走回警衛室，小李已經憋笑到不行。

「笑什麼笑？」老常沒好氣的把東西丟到警衛室桌上。

「我說主委啊，你真的看起來像街友啊。哈哈哈哈……」

「我這是省！去你媽個蛋，什麼街友……到底發生什麼事？哪個大樓的訂了餐又不取？」

說到此，小李的笑容迅速收了回去。

「……又是我兒子？」

小李只能尷尬的表示：

「主委，我們公司一直有在缺保全員，如果你願意，我跟我們督導說一聲，他不但可以來，還可以直接在這裡上班。」

想到他的兒子，老常整張臉垮得比誰都難看。大學畢業一年多，工作找都不找，直接在家啃老，整天只想當網紅，拍出來的東西難笑又沒創意……這還是四樓陳太太正在念高中的兒子說的。

老常直接拿了便當往內走，搭乘兒子口中壞掉的電梯上了七樓，直接拿起鑰匙開啟家門。

一陣假音發出的大笑穿透老常的耳，他怒火中燒的打開兒子的房門，劈頭把便當往兒子頭上扔下去。

「很會嘛！外送員一個便當可以賺 500 塊，你怎麼不去經營詐騙集團啊？」

「來來來，我爸來了。這位是我爸。」小常戴著小丑假髮，正開著直播。

只見悉窸落落的幾個招呼，觀看人數連 50 人都不到。

「爸，我剛剛惡整外送員的橋段，你怎麼會知道？」

「你好意思？人家為你跑腿，你還要凹人家 500 塊？丟不丟人啊？」老常正在氣頭上，哪管得上兒子正在直播。

「不要玩了，關掉。」

老常手直接往主機的開關上伸過去，只見小常不客氣的拍掉。

「爸，你在幹麼啦！你不要管啦！」

見著兒子一臉不悅，為了螢幕上寥寥可數的幾個網友在跟自己生氣，老常狹猝一笑。

「各位觀眾好，歡迎各位公開分享，只要觀賞人數突破 500 以上，我現場揍兒子給各位看。」老常突然反客為主。

底下留言串四起。

「我是認真的，揍兒子，老爸爸我是專家呢！」

小常本該回嗆個幾句，沒料到觀賞人數開始飆升。甚至出現指定揍兒子道具的留言。

「流星鎚沒有啦，我們家又沒在開壇。」老常認真的看網友的訊息。

看著人數漸漸成了 200，300，慢慢地往 400 大關前進。

「來，400 了，我去找傢伙……」

「爸，別這樣。」小常開始認慫了。

「你要當網紅，我幫你啊！」老常倒是有興趣起來。

「是要關機，還是我現場揍兒子讓你紅，你選一個嘛！」

「爸，你認真的？」

「各位，我兒子不相信我欸……相信我的，666 刷一排。」

螢幕開始出現瘋狂的 666 大瀑布。

「我去抄傢伙。」

「爸……爸？！」

那天開始，小常真的如願以償當了一段時間的網紅，還上了熱搜，不過……大夥更愛老常的出現，因為，他的拳頭還是比較有看頭。

25. 曾經，我有個姐姐

作者：黃萱萱

一年了，妳可安好。

今日的天色濕冷，我點著菸。

不知是煙燻了眼還是傷感了。

兒子會說的話越來越多，最近很會叫大姨。

「海寶，還記得二姨嗎？」

他看著我，笑著說「嗯。」

「你知道二姨去哪了嗎？」

他只是看著我，不知道答案。

「二姨……走了，去很遠的地方。」

海寶不懂話中的含義，自顧自的二姨，二姨的叫。

或許，在他的世界裡，對二姨的印象，就只剩下照片中捧著花的女人。

但是，二姨後期的生命中，有襁褓時的他，拍了無數張的相片。

我生命中，最香的兩個女人都已不在。

二姐，跟媽要在天上好好照顧彼此。

終有一天，我們會再相見。

而天堂，不再有淚。

##

時光飛逝，多年過去，妳和母親安好嗎？爸爸病了，消瘦不少。

時間看似無情，卻也留下許多回憶，終有一天，我也會帶著這些美好，走向生命的盡頭。

逝去，令人茫然無措，一個與你生活多年的人，突然消失在眼前，你知道的，他不光是離開，而是，再也沒有他。

何謂孤獨，不是隻身一人，而是旁人不懂你的哀愁，不論他是同事，親人，還是伴侶。

但我們不再是自己，而是穿插在許多場合中的角色；唯有在夜深人靜，於幽暗角落，點一盞燈，起一根菸，讓情緒與煙塵模糊雙眼。

此時此刻，不再是為人女，為人妻，為人母。

而是自己，躍然紙上的一角，讓指尖彈落鍵盤而起，讓筆觸寫下故事而上。

用自己的情感，寫出他人的故事，用歌中的悲喜，演繹世人的主題曲。

我的餘生，除了盡力扮演，剩下的，就是想妳了。

　　保佑大姐，別忘了，我們還有一個姐姐呢，她也很努力。

　　人生並不會事事如意，事事如意絕不是人生。

　　曾經，有人問我，為什麼妳能寫出那麼多的故事，是真是假？無病呻吟？

　　我不知如何回答他。

　　年少時，我們為賦新詞強說愁，就算是痛苦也帶著甜，同樣也無怨無悔。

　　如今，到了這個年歲，淚已不敢輕言落下，卻又事事觸動心底的慟。

　　因為，就算再用華麗的辭藻，去描述，去刻畫我的哀傷，終究不敵眾人的鼓譟。

　　再多點眼淚，再多些殘忍，對，這就是我們要看的，血淋淋的傷害。

　　那麼，就沉默吧，就繼續向前走吧。

　　曾經，我有個姐姐。

26. 家母要離婚

作者：黃萱萱

　　廖太太要離婚，此舉震驚整個鄉野。

　　各家親友你一言，我一語，茶餘飯後的話題，脫離不了這件事。

　　身為長子，阿洛看著放在桌上的離婚協議書，上頭已有母親的簽名，父親不解老婆的想法，整天藉酒澆愁，胡扯亂罵一通。

　　說實話，孩子們也不解，無奈都各有家庭，四散各方，互相推託之下，只能由他來處理了。

　　母親早已搬回娘家……倒不如說是祖厝了。外婆前些日子剛走，整個三合院，老舊的只剩下正房還能勉強住人。

　　車子才停在外頭的空地，只見母親頭戴著斗笠，雙手套上棉紗手套，正在屋裡屋外的穿梭忙碌著。

　　「媽……」

　　「你來……要嘛就幫忙，如果來勸我不要離婚，那你回去。」

　　阿洛當下也不知如何開口，只能卷起袖子，恬恬的幫母親清理舊物。

　　挨到中午吃飯時，母親隨意煮了幾道菜，母子二人就蹲在院子一角吃著飯。

　　「媽，妳總得要跟我說原因吧！」

「這件事情，打從你們陸續念大學開始，就有在想了。我跟你爸有很多事情沒辦法溝通，我是一直忍，本想說忍著忍著……就過去了，可是……」

見著母親陷入了沉默，阿洛也不知道如何安慰。一畢業就搬到外地工作，別人的長子是顧家的，他是想逃家的，本以為小妹會擔負起照顧的責任，沒想到，她竟是第一個嫁出去的。

「妳該不會在外頭有……噢哦！」

阿洛還沒問完，母親一巴掌往他後腦勺招呼下去。

「道歉。」母親短促又帶威嚴的命令著。

「對不起啦！很痛啊！」

眼前這女人真的是我媽嗎？怎麼跟以前完全不同？我媽以前老溫柔了，怎麼成現在這個樣子？

天空傳來飛機的引擎聲，母子二人抬頭看著。

「阿洛，你還記得我的生日嗎？」

他陷入了沉默。

「你知道我喜歡的顏色嗎？我最開心的時刻是什麼時候？」

「媽，都什麼時候了，怎麼在問這些？」阿洛心虛的回答，老實說，他真的不知道。

「你是我問的第四個家人，在此之前，你弟，你妹，甚至你爸，我都問過了。」

「如果他們能正確的回答其中一個，就代表我這個母親，做得還不差。可惜的是，我似乎把這個角色扮演得過於稱職，以至於你們都視為理所當然。」

「不是啊，媽……那個，妳跟爸好好談談嘛……」

「父母離婚，讓你覺得丟臉嗎？」

阿洛抓了抓頭。

「有必要這樣子嗎？」

母親點頭。

「若能談，何來現在的局面？」

她起身，直接走回室內。

「自己把碗洗一洗吧，謝謝你今天幫我整理房子。」

阿洛見調停不成，只能默默的把碗洗淨，跟母親說聲再見後，回家稟告父親。

　　洗完剩下的東西，她走出門外，看著原先飛機經過的那片天空。

　　「我叫賴秀美，四月二十八日生，我喜歡天空的藍，最開心的時刻，本是孩子們成長茁壯，現在⋯⋯能靜靜的站在這裡，安靜的看著天空，這就是我往後，最開心的時刻。」

　　秀美在此刻，終於不是以一個母親自稱，而是有名有姓，孤獨卻實在的個體。

27. 小　燕

作者：黃萱萱

　　小燕走在林蔭大道上，身旁還牽著兒子，已近深秋，枯黃的樹葉隨著晚風吹拂而四散。

　　方才下車時，還跟計程車司機爭吵，明明說好的價錢，到了目的地不遠處，卻被硬生生的漲了一成，要不是旁邊有幾個鄉里鄰居助陣，恐怕還被拖去一旁痛揍。

　　多年前，她才不是這樣強勢的女人。

　　要不是丈夫軟弱，嚐盡夫家的白眼，孩子還差點被公婆抱走，與她就此分離。

　　她和丈夫的結合，本就是不被祝福的一段故事。夫家嫌棄小燕出生低，學歷不好，但在丈夫的堅持，以及小燕已懷有三個月身孕的情況下，兩人辦了結婚登記。

　　丈夫是家中老么，從小到大被父母寵愛備至，公婆指望他能顧家，能替長年在國外的兄弟姐妹盡責，照顧兩老至終老。

　　可愛情終究敵不過柴米油鹽醬醋茶，兩人搬出去後，丈夫總想一步登天，原先開著麵店，卻嫌油污髒了自己的身份，兩人常常在店裡爭吵。

　　到最後，小燕只能大著肚子，獨自顧著店面，直到孩子出生。

一聽到小燕生的是兒子，公婆突然熱切關心起來。面對父母的轉變，丈夫彷彿像是抓住了浮木一般，不斷勸著小燕搬回家住。

以為就此緩和婆媳關係，卻沒想到，這是進到下一個地獄的開始。

婆婆強勢的干預小燕如何餵養孩子，她的身體尚未痊癒，婆婆的施壓，讓她生不出奶水，婆婆嫌她不夠愛孩子，身體不行。

縱使三餐都是催乳的食品，但小燕的心情卻越來越低落，時常偷偷在棉被裡哭泣。

丈夫正在跟朋友合夥開餐廳，常常深夜返家，他信任自己的爸媽，也樂得輕鬆，搞不懂自己的老婆到底在不滿意些什麼？

小燕也想向自己的父母哭訴，可她清楚，父母的性子，勢必會到家裡大吵大鬧，到時公婆趁機落井下石，日子會更加難過。

婆媳決裂的爆點，在於一日，婆婆又盯著小燕餵母乳，孩子一急，吸不到乳汁，氣得嚎啕大哭。

婆婆不耐煩的直接用手擠揉著小燕的乳房。

「到底有沒有奶啊？」

小燕本就在急躁了，婆婆此舉讓她徹底崩潰大哭。

　　丈夫接到通知，匆忙的開車回家，婆婆先發制人的說出這段時間對媳婦的不滿，小燕也只是哭泣，她知道解釋沒有用，丈夫只想過舒服的日子。

　　而跟在父母身邊，對他丈夫而言，就是最舒服的日子。

　　如今，小燕的父母聽說此事，真如同她所料，兩老氣憤地衝到家裡，劈頭就是對著丈夫飆罵，婆婆為了保護兒子，也跟著加入戰局。

　　公公嫌麻煩，要小燕跟著娘家父母回家，只是，孩子要留下，要不是小燕堅持，她差點就失去兒子。

　　離開後，她再也沒有回去。兩人的關係，一直懸蕩至今，終於有了答案。

　　進到了監獄，母子倆裡裡外外都被檢查透了以後，終於在會客室見到久違的丈夫。

　　聽說，他被生意上的朋友陷害，不但錢都被騙光，還背上偽造文書，詐欺，及暴力討債等罪名。

　　俊秀的丈夫剃了個大光頭，臉上的鬍渣讓他蒼老不已，原本意氣風發的男子，如今狼狽的坐在她的面前，不發一語。

　　丈夫默默簽下離婚協議書，監護權統統交給了她。

　　小燕原本想問，你爸媽那邊要如何交待，可到嘴邊的話硬是吞下了。

　　這本就是錯誤的婚姻，妳都被這般糟蹋了，何需再擔心一個「陌生人」的事？

　　「小燕，能不能……讓我抱一下他？」

　　側頭看著孩子的怯懦，再看著獄警，其實，答應與否，都是在於自己……

　　「謝謝你放手，我會好好把孩子帶大。我會讓孩子知道，他的爸爸是好人，他的爸爸很想照顧我們母子，他的爸爸……」

　　最後的話，小燕沒有說出口。

　　走出監獄外頭，小燕母子等著公車，再也不想碰上稍早前那檔破事。

　　如今，她自由了，卻沒有半分喜悅。

　　但是，現在與未來都是她自己的事了，小燕摸著孩子的頭，內心無比激昂。

28. 凱羅・我是你的包姆

作者：黃萱萱

　　整理著書櫃，問小一的他，關於取捨。

　　滿臉的離情依依，每本書都想留，每本也都是母子間的回憶。幾年下來，孩子除了會主動看有興趣的書之外，也會唸故事書給媽媽聽。

　　當閱讀的字體從大到小，文字從少變多，也開始讀起了少兒漫畫後，家裡的書櫃呈現爆滿的狀態，短期內並沒有打算添置新的家具，於是，媽媽開始替這些書尋找第二個家。

　　先是問親友，是否有需要，再來，捐給非營利機構。

　　整理的這段時間，幾乎都在跟孩子進行"問答遊戲"。

　　學時，學校不斷地推廣【校園閱讀線上認證】，舉凡讀過的書，只要輸入書名或 ISBN 碼，確定該本書可以進行認證即可進行。

　　每本書都有十個問題需要回答，任務完成，認證就會成功，還可以得到閱讀鳥的獎勵標章。

　　認證系統每年會頒發兩次獎品到學校，分別在一月跟六月，由學校表揚，這也是鼓勵孩子們喜愛閱讀的方式之一。

　　忙碌的進出書櫃之間，睡覺時間到了，一個小小的身影卻蹲在書堆前，時不時地翻閱。

　　「你不睡嗎？孩子。」

「馬麻，我們真的要把書送人嗎？」

「是啊。」我抱著他。

「你長大了，要看更適合你的書籍啦。」

「那……我們可以留一本嗎？」

看著準備分類打包的童書，其實，身為母親的我也是不捨。

這些回憶，外人或許不了解。（曾經，我也不了解）

每一本，慢慢地教他閱讀，認字，說話，都是屬於我和孩子的點點滴滴。

「你挑一本吧……記得，只有一本。挑完後就上床睡覺了。」

最後，他挑了一本《包姆與凱羅的購物記》，這是他最喜歡的一本書。當時，幾乎睡前都要唸一次，唸到我都會背故事內容了！

全盛時期，還吵著要故事裡，凱羅買的平底鍋，他要煎鬆餅給我吃。

因為媽媽是包姆啊，兒子是這麼說的。

是啊，別再搗蛋了……

「該睡覺囉，凱羅。」

「我不是凱羅……」

「喔，我忘記了……你是杜芬舒斯博士（註）。」

「我不是杜芬舒斯啦！」兒子抗議。

媽媽學起了鴨嘴獸泰瑞的叫聲。

註：

漢斯·杜芬舒斯（Dr. Heinz Doofenshmirtz），《飛哥與小佛》中反派角色。

鴨嘴獸泰瑞的死對頭（也是患難見真情的死對頭），是一個邪惡科學家。

招牌語：我恨你，鴨嘴獸泰瑞！

29. 最後一次的土耳其之行

作者：黃萱萱

我曾為躲避人生低潮，前往土耳其。

那幾年，真的不如意，感情生波，家中遭逢巨變。朋友冒死諫言，建議我去看身心科。

後來，終於明白這三十年過得如此分崩離析的緣由，為了告別過去，也讓自己思索往後的路，以足球為藉口，買了一張來回機票，就這麼飛了出去。

年近三十，人生第一次的自助旅行，就去了如此遙遠的國度，也不知哪裏來的勇氣，或許是因為，我還想跟這個世道奮戰下去。

在我婚前的那幾年，我的思緒，除了放在台灣努力工作還債外，就是放在隔著半年一次的，飛往土耳其的旅行上。

懷念博斯普魯斯海峽的金碧輝煌，太陽照耀著這片流域，波光粼粼；坐臥在一旁的茶店，抽著蘋果口味的水煙，煙霧繚繞；充滿異域風情的音樂，歌手忘情的吟唱著。

我，彷彿不是自己，而是一種情境。

隨著旅行的次數變多，當地認識的朋友也多起來了，還記得那次跨年，朋友們堅持不帶我去獨立大道，寧可選擇在家吃飯聽音樂。

後來才從新聞台看到，幾個外國女性在獨立大道被騷擾，驚魂未定的模樣，其中還不乏幾個亞洲面容。朋友們多數是外語老師，幾個男生用土耳其語，痛罵那些在新聞裡因狂歡而出糗的人們。

我幸運的認識了他們，從一兩個，再帶上三四個，進而成為跨年夜，圍坐一桌的朋友。

他們成為我的煞車系統，不讓我在異國出糗，讓我用最正確的方式，打開認識一座城市的方法。

只是，最後一次前往伊斯坦堡，我選擇屏蔽他們。

當時的我，已經在台灣有了男友，況且，到了伊斯坦堡的第三天，就發現自己懷孕了，正與男友商討回國後，準備結婚的事宜。

或許，這是最後一次待在土耳其，往後，再踏上這片土地的機率，是微乎其微。我不是一個善於跟親友道別的人，對於這個國家，我有太多的情感與不捨。

那麼，我就好好的，獨自一人的，跟這個國家告別。

獨自看了一場貝希克塔斯（Beşiktaş）的足球賽，買了一張臺幣近 4000 元的門票，伴隨著後援會與球迷的狂歡、噓聲，無視於他人對這一個亞洲面孔的注視，我是如此融入其中。

　　行程規劃了王子群島（Kızıl Adalar），路邊吃著義大利麵的我，正慵懶的曬著海島的陽光，幾個街貓圍繞在身邊，覬覦著盤內的一切，島內的海鷗在不遠處，兩者共存，竟能相安無事。

　　最終，我來到了穆達尼亞（Mudanya），算是意外的地點。本想前往布爾薩（Bursa）卻在輪船剛下穆達尼亞之時害喜。身體不適，意外讓我留在這個漸入淡季的漁村。

　　那晚，我在下榻飯店不遠處的小餐廳，吃著烤魚，跟著一群球迷看著 Bursa Spor 對上費內巴切（Fenerbahçe）的比賽。

　　結果，就在我面前上演了兩方球迷對幹的戲碼，我是倉皇中離開了位置，就在他們掀翻我的位子前。

　　逃離了紛擾，回到了飯店，我用著半調的土耳其語跟老闆敘述方才的事情，只見老闆一臉的黑人問號。

　　躺在床上，看著窗外的月色，海上那艘貨輪依舊沉靜的座落在此處，稍早前的餐廳大混戰，與他毫無關係。

　　明天，我就要回到伊斯坦堡，離開土耳其，不知何年何月，才能回到這魂牽夢縈之處。

　　異鄉，是我的第二個故鄉，如此渴望，卻又如此陌生。

30. 名字帶來的意義

作者：黃萱萱

40 年前，萱萱誕生於一間婦產科診所內。

當年，母親睽違十年意外懷上這個孩子，生產過程極為艱辛，吃了全餐（自然產不成改為剖腹產）才把她生下來。

父親退伍沒多久，看著襁褓中的孩子，感嘆妻子生產辛苦，以萱草之義，把她取名為萱萱，期望能體會為人母的心思，以孝順母親。

這個名字，隨著成長，開始對她有了許多衝擊，尤其是青少年時期。

當時，她多痛恨自己怎麼會有這個名字，也因為自信不足，性格古怪，又身處工科學校，常常覺得自己與他人，與團體，甚至與社會都格格不入。

她懷疑這個名字並不適合自己，很想改變一切，卻又不知所措，萱萱開始成長的「變形記」。

在一次次與世道的衝撞，自我的孤傲不踞，萱萱已經習慣一個人的生活，許多事情在她的眼中，宛如戲劇裡上演的悲歡離合，而自己永遠身處於旁觀者的角色。

直到家道中落，母親罹病，開始長達數年抗癌之路。

這是第一次，自己成為故事的角色之一。

下了班，風塵僕僕的走進病房內，我看著母親剛用完早餐。

　　癌症已進入第四期，標靶藥讓她的面容已非昔時模樣，每每看到，我都得深吸一口大氣，若無其事的面對她，與她說話。

　　才剛問完看護昨晚到現在的狀況，就聽見母親說要去看電視。

　　「媽，視聽間我剛剛經過，好像有師傅在那邊維修……」

　　最後，我還是牽著她的手跟點滴架，緩緩走出病房。

　　經過正在維修的視聽間，母親也只是漫無目的的在病房區的長廊繞圈，那是她少數狀況極好，還有精神的時候。

　　這些年，我跟母親之間的互動並不熱絡，沒有像父親期望的母女情深，成長路上，我們並不瞭解彼此，我只知道，她一直對我的性別以及外貌很失望。

　　我成為了外型陽剛的女人，穿衣打扮，談吐之間也不是一個大家閨秀的樣子。我把自己當作軍人一樣生活，就差性向上成為一個男人。

　　牽著她的手，我們難得有這般獨處，生澀於母女之間的關係，我也只是沉默，內心卻不斷想著醫生曾告訴我們家屬的事情，眼淚默默地仰天流下。

　　母親走後，再經過二姐的離世，我還是不明白，萱萱這個名字，對我到底有什麼意義。

　　只有醫院的長廊，一直在我心底。

這條長廊啊，

當年，曾陪著母親走過，

後來，陪著二姐走過，

如今，是父親。

我還要陪伴誰度過這條長廊？

誰會陪我最後度過這條長廊？

可真正明白這個名字的意義，竟是在為人母之後。

「萱草雖微花，孤秀能自撥，亭亭亂葉中，一一勞心插」——蘇
東坡。

在這紛擾的世代中，我望著正在嬉戲的孩子，心心念念他的成長，
終有一天，平凡的我會遠去，但親情，永恆不變。

國家圖書館出版品預行編目資料

心情故事／倪小恩、曼殊、黃萱萱　合著.—初版.—
臺中市：天空數位圖書　2021.01
　面：公分
　ISBN：978-986-5575-14-4（平裝）

863.55　　　　　　　　　　　　110000250

書　　　　名：心情故事
發　行　人：蔡秀美
出　版　者：天空數位圖書有限公司
作　　　者：倪小恩、曼殊、黃萱萱
編　　　審：龍璈科技有限公司
製 作 公 司：駿佳有限公司
版 面 編 輯：採編組
美 工 設 計：設計組
出 版 日 期：2021 年 01 月（初版）
銀 行 名 稱：合作金庫銀行南台中分行
銀 行 帳 戶：天空數位圖書有限公司
銀 行 帳 號：006-1070717811498
郵 政 帳 戶：天空數位圖書有限公司
劃 撥 帳 號：22670142
定　　　價：新台幣 270 元整
電子書發明專利第 I 306564 號

紙本書編輯印刷：
電子書編輯製作：
天空數位圖書公司 E-mail：familysky@familysky.com.tw　http://www.familysky.com.tw/
地址：40255台中市南區忠明南路787號30F國王大樓　Tel：04-22623893　Fax：04-22623863

Family Sky